Vente après Décès

TABLEAUX

ANCIENS & MODERNES

Dessins de l'École Française du XVIIIe Siècle

OBJETS d'ART, BRONZES

Meubles, Tapisseries anciennes

HOTEL DROUOT, SALLE N° 11

Les Lundi 19, Mardi 20 et Mercredi 21 Février 1900

A DEUX HEURES

EXPOSITION PUBLIQUE

Le Dimanche 18 Février 1900

De 1 heure 1/2 à 5 heures 1/2

COMMISSAIRES-PRISEURS

Me H. BERNIER	Me VIVAREZ
Rue Saint-Lazare, 11	Rue Drouot, 15

Assistés de M. B. LASQUIN, *Expert, rue Laffitte, 12*

PARIS 1900

IMPRIMERIE MAULDE ET RENOU

MAULDE, DOUMENC & Cie

IMPRIMEURS DE LA COMPAGNIE DES COMMISSAIRES-PRISEURS

Rue de Rivoli, 144 — Paris

CATALOGUE

DE

TABLEAUX

Anciens & Modernes

DE DIFFÉRENTES ÉCOLES

DESSINS DE L'ÉCOLE FRANÇAISE DU XVIIIe SIÈCLE

Gravures

OBJETS d'ART et de CURIOSITÉ

Bijoux - Objets de vitrine - Porcelaines et Faïences anciennes - Sculptures

BRONZES D'ART & D'AMEUBLEMENT

MEUBLES des **XVIe, XVIIe et XVIIIe** Siècles

SIÈGES ANCIENS — TAPISSERIES & ÉTOFFES ANCIENNES

TAPIS D'ORIENT ET AUTRES

VOITURES ET HARNAIS — GARDE-ROBE — VINS

Dont la Vente aura lieu après Décès

HOTEL DROUOT — SALLE N° 11

Les Lundi 19, Mardi 20 et Mercredi 21 Février 1900

A DEUX HEURES

COMMISSAIRES-PRISEURS

Me H. BERNIER
Rue Saint-Lazare, 11

Me VIVAREZ
Rue Drouot, 15

Assistés de **M. B. LASQUIN**, *Expert, rue Laffitte, 12*

EXPOSITION PUBLIQUE

Le Dimanche 18 Février 1900, de 1 heure 1/2 à 5 heures 1/2

PARIS — 1900

CONDITIONS DE LA VENTE

Elle sera faite au comptant.

Les Acquéreurs paieront CINQ POUR CENT en sus des adjudications.

L'exposition mettant le public à même de se rendre compte de l'état des objets, il ne sera admis aucune réclamation une fois l'adjudication prononcée.

ORDRE DES VACATIONS

Le Lundi 19 Février 1900, à 2 heures

GRAVURES, DESSINS, TABLEAUX
du n° 1 à 145

A 4 heures : Les Voitures et Harnais, dans la cour de l'Hôtel

Le Mardi 20 Février

BIJOUX, OBJETS DE VITRINE, FAÏENCES, GRÈS, VERRERIE, PORCELAINES, SCULPTURES, BRONZES D'ART
du n° 146 au n° 249

Le Mercredi 21 Février

BRONZES D'AMEUBLEMENT, CUIVRES, MEUBLES, TAPISSERIES ET ÉTOFFES, GARDE-ROBE, VINS, ETC.

MAULDE, DOUMENC et Cie, imprimeurs de la Cie des Commissaires-Priseurs, rue de Rivoli, 144 | 1200—86872

DÉSIGNATION

TABLEAUX

1 — **Angelo Anselmi.** Le Christ portant sa croix. Peinture sur panneau.

2 — **Bonnington** (D'après Van Dyck). Vierge, Jésus et deux donateurs. Cadre Louis XIII, en bois doré.

3 — **Bocchi.** Bal champêtre, avec figures burlesques.

4 — **Bocchi.** Mascarade.

5 — **Bosch** (Vanden). Atelier d'artiste.

6 — **Brest** (Fabius). Vue de ville d'Orient.

7 — **Bronzino** (Attribué à). Portrait d'un seigneur vénitien, à mi-jambes, vêtu de rouge, la main gauche appuyée sur la hanche.

8 — **Bronzino** (Attribué à). Portrait d'une patricienne, à mi-jambes, riche costume, le bras gauche accoudé sur une table avec tapis rouge.

9 — **Bronzino** (Attribué à). Portrait d'homme assis dans un fauteuil.

10 — **Chaignon** (A.) Vue de ville.

11 — **Corrège** (D'après Le). Le sommeil d'Antiope.

12 — **Corrège** (École du). Attributs des arts. Deux pendants.

13 — **Coypel** (École des). Salomon et la reine de Saba.

14 — **Dow** (D'après Gérard). Femme à une fenêtre.

15 — **Dyck** (D'après Van). Charles Ier. Petite esquisse.

16 — **Dupré** (Victor). Paysage soleil couchant : Bestiaux au bord d'une rivière.

17 — **Ed. de H...** Cavalier et deux dames sur le grand escalier de Versailles.

18 — **Faes** (P.). Nature morte. Raisins, plat d'étain, vidrecome sur une table. Signé.

19 — **Fichel** (E.). Soldats au cabaret.

20 — **Fichel** (E.). La Chanson : réunion des reîtres.

21 — **Garnier** (Jules). Faust et Marguerite.

22 — **Gérard** (Mlle). Deux jeunes filles et un enfant chassant des papillons.

23 — **Guardi** (Attribué à). Architecture ; petites peintures sur toile. Deux pendants.

24 — **Goyen** (Attribué à Van). Village au bord d'une rivière.

25 — **Hackert.** Paysage d'Italie.

26 — **Isabey** (Attribué à). Rue de ville normande.

27 — **Isabey.** Bords de rivière avec moulin. Petite peinture sur panneau.

28 — **Jacque** (Charles). 1847. Intérieur breton. Trois figures.

29 — **Lagrénée.** Figures mythologiques. Deux pendants, cadres Louis XIII.

30 — **Lancret** (Genre de). Fête champêtre.

31 — **Largillière** (École de). Portrait de femme en buste, chevelure poudrée ornée de fleurs.

32 — **Lefebvre** (Attribué à Claude). Portrait d'homme en buste, vêtu de noir, avec rabat de guipure. Cadre ancien en bois sculpté.

33 — **Leriche.** Bouquets de fleurs dans des vases. Deux pendants.

34 — **Leriche** (Attribué à). Bouquet de fleurs dans un vase.

35 — **Longuet.** Jeune Oriental et son esclave sous bois.

36 — **Monogramme** (A.-V.-N.). Le bailli; scène de cinq figures dans un parc. Cadre Louis XIII, en bois sculpté à jour.

37 — **Oudry** (Attribué à). Singes et Oiseaux. Deux pendants en hauteur.

38 — **Pannini** (Genre de). Palais d'une ville italienne.

39 — **Pasini** (A.) (1875). Cavalier à la porte d'une mosquée.

40 — **Porbus** (Ecole de). Portrait de Charles de Lorraine, à mi-corps.

41 — **Poussin** (Ecole du). Nymphe et Amours, petite peinture dans un cadre Louis XIV sculpté.

42 — **Rembrandt** (Ecole de). Petit portrait de femme en buste.

43 — **Rubens** (D'après). Vierge et Jésus.

44 — **Sarrasin**. Paysage avec rivière, deux figures à droite.

45 — **Schowaerts**. Fête de village.

46 — **Verdussen**. Bestiaux au pâturage. Petite peinture sur bois, cadre ancien.

47 — **Vallin**. Nymphe lutinée par un amour.

48 — **Ecole française** (XVIIIe siècle). Panneau décoratif en hauteur, offrant des vases, des guirlandes de fleurs, des trophées d'attributs, des rinceaux et deux figures d'amours.

49 — **Ecole française**. Nymphe et amours sur des nuages.

50 — **Ecole française**. Colporteur et paysanne cadre Louis XIII en bois doré.

51 — **Ecole française**. Paysage avec rivière, forme ovale, cadre Louis XVI bois sculpté et doré.

52 — **Ecole française**. Paysan conduisant un âne. Petite peinture sur bois dans un cadre ancien.

53 — **Ecole française**. (Genre de Crépin). Monastère en Italie.

54 — **Ecole française XVIIIe siècle**. L'Annonciation.

55 — **Ecole française**. Fleurs et corbeille de prunes.

56 — **Ecole française XVIIe siècle**. Portrait d'une princesse en buste. Cadre ancien en bois sculpté.

57 — **Ecole française XVIIIe siècle**. (Genre Drouais). Jeune fille en buste, corsage rouge.

58 — **Ecole française** (Genre de DROUAIS). Portrait de jeune homme à mi-corps, habit bleu, gilet à fleurs.

59 — **Ecole française**. Apollon et les muses. 2 pendants.

60 — **Ecole française.** L'ange gardien.

61 — **Ecole française.** Paysages avec figures, et torrent au premier plan.

62 — **Ecole italienne.** Fleurs.

63 — **Ecole italienne.** Ruines.

64 — **Ecole italienne primitive**. L'adoration de Jésus peinture sur fond d'or.

65 — **Ecole italienne**. Deux petites peintures de forme ronde : Sujets mythologiques. Cadre en bois doré.

66 — **Ecole italienne.** Jésus et la femme adultère. cadre Louis XIII doré.

67 — **Ecole italienne**. Jésus présenté au peuple, et plusieurs figures religieuses. Peinture sur cuivre.

68 — **Ecole flamande XVIIe siècle**. Berger et troupeau dans un paysage boisé. Petite peinture sur cuivre.

69 — **Ecole flamande.** Trois villageois.

70 — **Ecole flamande**. Le calvaire, petite peinture sur bois.

71 — **Ecole hollandaise**. Portrait d'homme en buste, tête nue, large collerette ; cadre ancien.

72 — **Ecole moderne.** Port à marée basse.

73 — **Ecole moderne.** 2 amours. Petite peinture forme ronde.

74 — **Ecole de Ferrare.** La Vierge dans une gloire d'anges, petite peinture sur cuivre.

75 — **X**. Cour d'auberge, petite peinture sur cuivre.

76 — **X**. Martyre d'un saint.

77 — Diverses études peintes à l'aquarelle.

DESSINS ANCIENS, AQUARELLES

78 — **Boucher** (D'après). La Bergère couronnée, pastorale. Aquarelle. Cadre Louis XIII.

79 — **Bourdilliat**. Paysage à Nesso, lac de Côme. Aquarelle.

80 — **Cauvet** (?). Deux Frises : Brûle-parfums enroulé de serpents avec figures d'Amours se jouant dans des feuillages. Figures d'Amours, guirlandes et vases. Deux très beaux dessins sur papier bleu avec rehauts de blanc.

81 — **Delarue**. Le Jugement de Pâris. Sujet encadré de figures d'Amours. Amours jouant avec une chèvre. Deux dessins à la plume et à la sépia. — X. Jeux d'enfants. Dessin à la plume et au lavis.

82 — **Delarue**. Jeux d'Amours. Deux dessins, plume et sépia.

83 — **Dusart** (C.). Le Charlatan. Dessin à la plume et au lavis.

84 — **Gaullus** (Joannes). Sainte Famille. Dessin à la sanguine.

85 — **Gravelot**. La Charité, l'Espérance, la Force, Nymphe et Amour, le Temps et l'Automne. Six dessins très fins à l'encre de Chine pour illustrations d'almanach.

86 — **Greuze**. Deux Têtes de Femmes. Dessins à l'encre de Chine.

87 — **Huet** (J.-B.). Motifs d'attributs champêtres, de la

musique et de l'amour. Six jolis dessins à la plume et à l'aquarelle. Signés et datés de 1772.

88 — **Huet** (J.-B). Six Compositions pour dessus de portes ; Attributs des arts, la Musique, la Peinture, la Sculpture et l'Architecture: Six très jolis dessins signés et datés de 1788, à la plume et à l'encre de Chine.

89 — **Huet** (J.-B.). Pastorale : Deux Bergers, une Bergère et des bestiaux dans un paysage. Dessin à la plume et au lavis.

90 — **Huet** (J.-B.). Études de moutons et de chèvres. Deux beaux dessins à la sanguine.

91 — **Hubert-Robert**. Lavandières près d'une fontaine dans un palais romain. Beau dessin à l'encre de Chine.

92 — **Hubert-Robert**. Lavandières sous un portique romain. Aquarelle.

93 — **Huysmans** (et divers). Paysage, dessin à la sépia. Tête d'Homme. Jeux d'Enfants et M. Lérudit, écrivain public.

94 — **Johannot** (Tony). La Vierge portée par des anges. Dessin.

95 — **Lajoue**. Fronton d'un portique rocaille avec sujets: Persée, les Parques, etc. Beau dessin à la plume et à l'aquarelle.

96 — **Lairesse** (Gérard de). Ronde d'Amour. Scène d'intérieur. Deux dessins à la plume et à la sépia.

97 — **Lami** (Eugène). Jeune Femme assise écoutant un cavalier. Aquarelle pour écran. Signée et datée 1850.

98 — **Léoni**. Jeune Femme en buste de profil à droite. Dessin rehaussé de blanc.

99 — **Lesueur**. Projet de plafond. Le sujet principal représente une figure allégorique de femme assise sur des nuages près d'un trophée d'armes, le Génie de l'Abondance et deux Amours. A droite et gauche deux voussures allégories de la Peinture et de la Sculpture sous des figures d'enfants. Au-dessous, deux figures des Sciences, de chaque côté d'une troisième voussure dans laquelle trois Enfants Génies. Ces sujets sont ornés de guirlandes et de motifs décoratifs, vases, etc. Important dessin à la sanguine.

100 — **Midy** (A.) Le Repas des Moissonneurs. Aquarelle.

101 — Neuf Miniatures du XVIe siècle provenant d'un manuscrit, représentant plusieurs sujets tirés de la Vie du Christ.

102 — Quatre Miniatures provenant d'un manuscrit du XVIe siècle, représentant l'Apparition aux Bergers, l'Adoration des Mages, la Fuite en Egypte et le Calvaire, dans de riches encadrements rehaussés d'or.

103 — **Monducci**. Projet de plafond. Dessin plume, sépia et sanguine.

104 — **Mussard** (Pierre). Parterre du Palais de Nancy Dessin très fin animé de nombreuses figures, exécuté à la plume par Pierre Mussard, de Genève, le 16 mai 1741, et dédié à Mme la duchesse de Lorraine, suivant l'inscription portée sur un listel entourant un écusson.

105 — **Natoire**. Baigneuse. Dessin.

106 — **Noel**. Port de mer. Gouache.

107 — **Oudry** (J.-B.). Le renard et le coq. Chien surprenant des cygnes sur leur couvée. Deux jolis dessins à l'encre de Chine signés et datés de 1745.

108 — **Justin Ouvrié**. Parc avec château et rivière Aquarelle.

109 — **Justin Ouvrié**. Vue d'un château. Aquarelle.

110 — **Ouvrié** (Justin). Vue de ville en Hollande. Aquarelle.

111 — **Giacomo Palma, Lugenzy** et École italienne. Quatre dessins dans un cadre; Architecture, Saint-Paul, sujet allégorique, Jésus et les disciples d'Emmaüs.

112 — **Pater** (et autres). Projet de feuille de paravent : Jeune Homme tirant de l'arc et Perdrix dans un encadrement de fleurs. Dessin à l'aquarelle. — Tête de Vieillard de l'École italienne, et un Colporteur conduisant un âne. (genre de Both). Trois dessins dans le même cadre.

113 — **Poussin** (N.). Ronde d'Enfants. Dessin à la plume et à la sépia.

114 — **Redouté**. Bouquet de fleurs. Aquarelle.

115 — **Saint-Non, Jiodano** (etc.) Sculpture antique. — Frise de Naïades. L'Avare. Trois dessins à la plume et à la sépia.

116 — **Sauvan** (et divers). Portique, décor de théâtre. — Soldats au repos, genre de Pater. — Les Trois Grâces. Trois dessins.

117 — **Tintoret, Baroccio.** Saints en extase aux pieds de la Vierge dans une gloire d'anges. — Sujet religieux. Deux dessins à la sépia.

118 — **Wattier** (Emile). Le Guitariste. Aquarelle.

119 — **Ziem.** Environs de Venise, petite aquarelle.

120 — **École française** (XVIIIe siècle). Deux Tritons. Dessin à la sanguine.

121 — **École française** (XVIIIe siècle). Rinceaux de feuillages, dessin pour boiserie et un dessin au crayon. Portrait d'homme en buste (Domenico-Brusasorcio). Deux dessins dans le même cadre.

122 — **École française** (XVIIIe siècle). Jeune Femme à sa toilette. Gouache, cadre ancien.

123 — **École française** (fin XVIe siècle) Deux cariatides tenant un cartouche. Dessin à la sanguine.

124 — **École italienne** (fin XVIe siècle). Orphée. Beau dessin à la plume, à la sépia, rehaussé de blanc, forme ronde.

125 — **École italienne** (XVIe siècle). Cinq dessins plume et sépia, dont un attribué à Jules Romain, décoration de la voûte de la salle de Psyché, à Mantoue. Deux autres de Calamo relatifs à la construction d'un monastère, avec encadrement d'enroulements. Un projet de Fontaine par Cristofano Roso.

126 — **École italienne**. Projet de plafond, par Jean d'Udine, et deux études de pilastres, attribuées à Cauvet. Trois dessins à la sanguine.

127 — **École italienne** (XVIe et XVIIe siècles). Cinq dessins à la plume et à la sépia. — Le Baptême du Christ dans un motif d'ornements. — Deux vases. Deux sujets d'architecture.

128 — **École italienne** (XVIIe siècle). Sujet biblique. Dessin à la plume et lavis bleu.

129 — **École italienne.** (XVIIe siècle). La Maternité. — Saint en extase devant la Madone. Deux dessins à la plume et au lavis.

130 — **École italienne**. Saint-Jean, sanguine. — Étude de mascarons. Hérodiade. Trois dessins.

131 — **École italienne.** Martyre d'un saint. Sujet biblique et deux vases. Deux dessins.

132 — **École italienne**. Deux frises d'amours. Dessins à la plume et à la sépia, l'un rehaussé de blanc.

133 — **École italienne.** Projet de plafond en neuf sujets, la naissance de Vénus au centre et divers motifs à figures d'amours. Plume et encre de Chine.

134 — **École italienne.** Cinq dessins à la sépia : frise d'amours. — Têtes d'Hommes, etc.

135 — **École italienne**. Portique monumental à colonnes ; dessin à la plume et au lavis.

136 — **École italienne.** La Cène, dessin à la plume et à la sépia.

137 — **Écoles italienne et hollandaise**. Cinq dessins dans un cadre en hauteur ; Etude de plafond, rinceaux de fleurs, figures religieuses et la Route du Marché.

138 — **École hollandaise.** Vue de Village. Dessin au lavis.

139 — **École moderne**. Rue de Village. Aquarelle.

GRAVURES

140 — **Lavreince** (d'après). La Comparaison, la Confidence. Deux gravures en couleurs.

141 — **Lavreince** (Vidal d'après). La Marchande à la toilette. La Soubrette confidente. Deux gravures.

142 — **Lavreince** (Delaunay d'après). Le billet doux. Qu'en dit l'abbé? Deux gravures.

143 — **Watteau** (Le Bas d'après). La balançoire. Gravure.

144 — **Collignon** (Decamp d'après). Les experts. Lithographie.

145 — Gravures diverses.

BIJOUX, OBJETS DE VITRINE

146 — Montre d'homme en or avec initiales L. C. en émail.

147 — Chaîne en or avec pendeloque tête de mort.

148 — Montre en argent de Garnier.

149 — Deux boutons de manchettes en or.

150 — Trois boutons de chemise en perles fines.

151 — Montre savonnette d'homme en or.

152 — Métal blanc et ruolz.

153 — Boîte ronde avec miniature à l'aquarelle, paysage d'Italie.

154 — Boîte ronde Louis XVI avec fleurs en reliefs et figure d'amours.

155 — Deux Boîtes anciennes: l'une en émail de Saxe bleu, l'autre en porcelaine.

156 — Divers miniatures et fixés.

157 — Plaque d'émail de Limoges, portrait de Flavius.

158 — Médaillon ovale en porcelaine de Sèvres **décoré** de trois amours en grisaille.

FAIENCES DIVERSES, GRÈS VERRERIE

159 — Petit Plat faïence de Caffagiole à écusson, avec fontaine au centre, flanqué des lettres P. F.

160 — Deux Coupes sur pied bas, faïence italienne, l'une décorée d'un buste au centre, l'autre d'un château fort.

161 — Plat en faïence italienne décoré d'une figure de femme jouant du violon, avec le nom « Gomab » sur une banderolle.

162 — Petit Plat, faïence de Pesaro, écusson au centre.

163 — Deux Potiches, faïence de Delft, décor bleu.

164 — Deux Potiches et deux Cornets à pans, décor bleu.

165 — Quatre petites Assiettes en ancienne faïence de Castelli, deux décorées de figures et deux autres de paysages.

166 — Grand Plat rond, faïence d'Urbino, décor de grotesques avec armoirie ou centre, en jaune et vert.

167 — Plat en faïence de Caffagiole, décor rayonnant autour d'un ombilic à palmes et feuillages en couleur.

168 — Deux Vases ovoïdes en faïence de Castel-Durante, décorés de fleurs et de médaillons bustes.

169-170 — Quatre Vases gargoulettes en ancienne faïence italienne, décors variés à fleurs.

171 — Deux Vases à piédouche en faïence de Castelli, décorés de paysages avec bergers et troupeaux, de figures d'amours et de cartouches armoriés.

172 — Vase de pharmacie forme ovoïde à deux anses, décoré de fleurs et d'une figure de saint.

173 — Potiche ovoïde en faïence de Delft, décor bleu à personnages.

174 — Cornet de même faïence, décor bleu.

175 — Plats en faïences diverses.

176 — Coupe en faïence d'Urbino, Hercule, Vénus et l'Amour.

177 — Divers vases de pharmacie en faïence italienne.

178 — Plaque rectangulaire en faïence de Castelli figure de guerrier.

179 — Coupe ronde faïence italienne, décor bleu.

180 — Coupe ronde en faïence de Gênes décorée de figures en bleu.

181 — Petit plateau rond de Moustier, décor bleu d'après Bérain.

182 — Deux Coupes et un Plat en faïence italienne ; le plat décoré d'un portrait d'homme. Une coupe avec inscription « Frutte » et une autre avec tour.

183 — Deux Coupes rondes en faïence hispano-moresque à reflets métalliques.

184 — Plat en ancienne faïence de Rhodes décoré de tiges d'œillets en couleur.

185 — Trois Plats faïence des Abruzzes représentant des cavaliers.

186 — Soupière en faïence de Strasbourg.

187-188 — Deux Pichets en ancienne faïence de Rouen, décor polychrome.

189 — Deux Hanaps en faïence de Savone, décor bleu.

190 — Deux Cornets de pharmacie en faïence italienne, décorés d'écussons armoriés.

191 — Diverses pièces en faïence italienne, faïence de Castelli, pots de pharmacie, figurine, etc.

192 — Diverses pièces en faïence française, porte-huilier, pantoufle, salière, vase à fleurs, etc.

193 — Cruche à panse sphérique, en ancien grès allemand, décorée de fleurons sur fond émaillé bleu, couvercle en étain.

194 — Petit Cruchon en grès de Raeren, décoré de neuf petits médaillons bustes et d'ornements en grès sur fond bleu.

195 — Petit Cruchon en grès de Raeren avec cannelures sur la panse et mascaron sur le col.

196 — Canette en verre gravé avec monture en étain.

197 — Urne étrusque à deux anses en terre noire.

198 — Deux Carafes à anse et un verre à pied, en ancien verre gravé.

199 — Six Pièces en verrerie ancienne, plateaux et coupes.

PORCELAINES ANCIENNES

200 — Deux Vases ovoïdes, avec couvercles bombés, en ancienne porcelaine du Japon; décor bleu de roi à quatre médaillons, offrant des ustensiles et des éventails. Ces médaillons sont séparés par des tiges de fleurs. Les bordures haut et bas sont composées d'ornements arabesques.

201 — Potiche avec couvercle à pans, en vieux Japon, décorée de trois compartiments à vases de fleurs, en bleu, rouge et or.

202 — Deux Cornets en vieux Japon; décor bleu à arbustes et oiseaux.

203 — Deux Bols en porcelaine du Japon; décor bleu à figures.

204 — Plat rond en vieux Japon, décoré de chrysanthèmes en bleu, rouge et or.

205 — Grande Coupe couverte, en porcelaine du Japon; décor bleu à fleurs.

206 — Plat en Japon; décor bleu, arbustes au centre et quatre réserves sur la bordure.

207 — Trois petites Assiettes en porcelaine de Chine et du Japon.

208 — Deux Potiches en vieux Japon; décor bleu et rouge.

209 — Deux petits Vases brûle-parfums à deux anses rocaille décorées de fleurs, en porcelaine de Saxe.

210 — Flacon à thé, en porcelaine de Berlin décorée de fleurs.

211-212 — Diverses Pièces de cabaret, en anciennes porcelaines de Chine et du Japon ; Potiche, Flacon à thé, Tasses, Soucoupes, Théière, etc.

213 — Assiettes en porcelaines de Chine et du Japon.

SCULPTURES

214 — Groupe en marbre blanc : L'Enfance de Bacchus. Le jeune dieu, couronné de pampres, est à califourchon sur un enfant bacchant accroupi et soutenu par un autre enfant. Piédestal de style Louis XVI en bois sculpté et laqué, à guirlandes de fleurs et attributs de l'amour.

215 — Médaillon octogonal en marbre blanc. Enfant faisant une bulle de savon.

216 — Quatre fragments de Sculptures gothiques en marbre.

217 — Groupe en Bois sculpté, d'après Barye : Tigre dévorant un caïman.

218 — Bas-relief cintré du haut en terre cuite, dans le goût de Clodion : Jeu d'Amours.

219 — Fragment de Cariatide en terre cuite.

220 — Mascaron en terre cuite peinte, XVIIe siècle.

221 — Deux Gaines carrées en marbre de couleur.

222 — Terre cuite du XVIIIe siècle, groupe de deux figures : la Mort de Cléopâtre.

223 — Petite Sculpture, groupe : la Vierge portant l'Enfant Jésus, buis sculpté du XVIIIe siècle.

224 — Diverses statuettes en terre cuite.

225 — Groupe en terre cuite peinte du XVIIIe siècle : Apollon et Marsyas.

226 — Groupe Vierge et Jésus, bois sculpté du XVIIe siècle, socle à moulures.

227 — Statuette d'Athlète, terre cuite du XVIIIe siècle.

228 — Statuette d'Homme debout et souriant, pierre de lard sculptée de travail chinois.

229 — Tête de Faune, marbre antique.

230 — Ecusson Louis XIII en bois sculpté à volutes et feuillages.

231 — Petit Ecusson Louis XIII avec attributs de la Passion, volutes de feuillages et tête de chérubin.

232 — Tête de Vierge en bois sculpté et peint, haut-relief dans un cadre Louis XIII.

233 — Petit haut-relief en albâtre du XVIIIe siècle : le Christ en croix, Saint Jean et Madeleine.

BRONZES D'ART

234 — Lionne marchant, bronze de Barye, patine verte (Edition du maître).

235 — Cerf aux écoutes, bronze de Barye, patine verte (Edition du maître).

236 — Statuette de Mars, bronze italien du XVIe siècle, socle en marbre.

237 — Deux Groupes en bronze de Barbedienne, d'après Coysevox et Coustou : Berger jouant de la flûte et Chasseur au repos, socles en marbre.

238 — Deux statuettes : Danseurs napolitains, bronze de DELAFONTAINE, d'après DURET, socles en marbre.

239 — Statue équestre de Cavalier, en bronze italien XVIe siècle, socles en bois et marbre.

240 — Groupe de deux petits Lapins, en bronze, de BARYE, patine verte.

241 — Quatre Figurines en bronze, d'après l'antique.

242 — Plaquette bronze italien du XVIe siècle, représentant le Calvaire.

243 — Statuette de Femme debout tenant un écusson, bronze du XVIIIe siècle.

244 — Figurine de Nymphe debout, en bronze, sur socle en marbre de couleur.

245 — Statuette de Vénus, bronze à patine brune, socle en marbre de couleur.

246 — Statuette d'Hercule, bronze à patine brune, socle en marbre.

247 — Statuette de Divinité égyptienne, en bronze.

248 — Vase à piédouche et orifice trilobé, garni d'une anse en bronze, de style antique.

249 — Une Aiguière en bronze, d'après un étain de BRIOT.

BRONZES D'AMEUBLEMENT, CUIVRES

250 — Petite Pendule Louis XIV, dite Religieuse, en écaille rouge, ornée de moulures en bronze doré et

reposant sur un socle cartouche au nom de *Gaudron à Paris*.

251 — Grande pendule Louis XIV en marqueterie de cuivre et d'écaille, ornée de bronzes dorés, motif des Parques, pieds feuillagés à tête de femme, chutes et guirlandes de fleurs ; elle est surmontée de la figure du Temps. Cartouche émaillée au nom de « Le Menu à Paris ».

252 — Pendule en bronze doré et marbre de Victor Paillard, avec groupe de deux amours aux colombes.

253 — 2 girandoles empire, en cuivre à 3 lumières.

254 — 2 chenets Louis XIII, en cuivre, avec galerie.

255 — 2 lampes montées sur flambeaux de style renaissance en cuivre à tige carrée.

256-257 — 2 paires d'Appliques Louis XV à 2 lumières en bronze.

258 — 2 flambeaux de style Louis XIV à tige triangulaire en bronze.

259 — Plat en cuivre jaune repoussé du XVIe siècle avec rosace au centre.

260 — Plat en cuivre rouge d'après Briot.

261-263 — Vases divers en cuivre rouge et cuivre jaune, chaufferette samovar, théière et bouilloire.

264 — Samovar en cuivre rouge avec anses cariatides.

265 — Hanap Louis XIV en cuivre jaune.

266 — 2 flambeaux style Louis XIV, tige balustre carrée à médaillons bustes.

267 — 2 vases porcelaine moderne, montures en cuivre.

268 — 2 girandoles à 3 lumières sur flambeaux Louis XV en cuivre jaune.

269 — Jardinière ronde en cuivre gravé de travail vénitien sur trépied en fer forgé.

270 — Fût de colonne carrée avec chapiteau en fer forgé.

271-273 — Trois plats en cuivre repoussé et gravé du XVIe siècle, l'un avec cerf au centre, le deuxième avec figure de saint Christophe et le troisième avec deux syrènes.

274 — Lampe à 3 becs en verre sur tige en cuivre jaune supportant également divers accessoires.

275 — Lampe analogue à la précédente.

276 — Brasero japonais en cuivre dans une monture en bois laqué et cuivre découpé.

277 — Lustre Louis XIV à 22 lumières en cuivre garni de plaquettes et de pyramides en cristal.

278 — 4 paires d'appliques à 3 lumières de même travail.

279 — 2 appliques à 5 lumières de même travail.

MEUBLES

280 — Crédence renaissance en noyer sculpté le haut ouvrant à deux portes ornées de cartouches et placées entre une cariatide au centre et des griffons aux angles.

281 — Crédence Henri II en noyer sculpté à moulures, ornée de trois pilastres et de deux têtes de chérubins.

282 — Grande armoire ancienne à deux portes en noyer sculpté avec panneaux taillés à facettes.

283 — Armoire normande en bois sculpté.

284 — Commode Louis XVI à trois rangs de tiroirs, le milieu à ressaut en bois satiné et bois de violette, marquetée à filets ; garnie de chutes et d'anneaux en bronze doré. Dessus de marbre.

285 — Petite commode Louis XVI à deux tiroirs, en bois de rose, marqueté à corbeille de fleurs et encadrement de rubans.

286 — Table hollandaise en noyer, le devant contourné à trois tiroirs.

287 — Meuble de style Henri II, en noyer à colonnes, arceaux et moulures.

288 — Support formé d'une volute Louis XIV en bois sculpté, dessus de marbre.

289 — Cabinet Louis XIII carré, ouvrant à abattant, incrusté de burgau et garni de cuivre.

290 — Ameublement de salle à manger de style Louis XIII en noyer comprenant : un buffet à deux corps le haut vitré, une table ovale à quatre rallonges, un dressoir, douze chaises garnies de cuir genre Cordoue.

291 — Table de style Henri II en nover sculpté avec piétement à balustre.

292 — Console Louis XIV en bois sculpté à coquilles et feuillages.

293 — Support applique à trophées de gibier en noyer sculpté.

294 — Fronton cintré en noyer sculpté à nids d'oiseaux et groupes de fruits.

295 — Petite table à ouvrage Louis XV en bois satiné, pieds contournés avec tablette d'entre-jambes.

296 — Petite table carrée, à une case et deux tiroirs en bois de placage.

297 — Table turque octogone en bois gravé et incrusté.

298 — Deux petites vitrines étroites style Louis XVI en bois de palissandre incrusté de cuivre.

299 — Un cabinet Louis XIII incrusté d'ivoire et plaqué d'écaille sur fond d'ébène. il ouvre à deux portes et renferme une cave à liqueur.

300 — Casier à musique genre Louis XVI garni de canne.

301 — Petite table Louis XIII.

302 — Chiffonnier secrétaire Louis XVI en bois satiné et de violette. Dessus de marbre.

303 — Petit bureau à abattant de forme Louis XV en bois marqueté.

304 — Gaine carrée décorée au vernis Martin et ornée d'une cariatide de femme. En bois doré de style Louis XVI.

305 — Fût de colonne torse en bois sculpté à pampres et à chapiteaux.

306 — Support-applique à cariatide de femme, en pâte peinte.

307 — Meuble de salon de l'époque Louis XV, en bois sculpté, garni d'ancienne brocatelle à dessin rouge

sur fond jaune. Il est composé d'un grand et d'un petit Canapé, quatre grands Fauteuils, un petit Fauteuil, une Bergère et quatre Chaises.

308 — Deux petits Tabourets de style Louis XIV, en bois sculpté et velours vert.

309 — Fauteuil de style Louis XVI, en bois sculpté, à feuillages et rosaces.

310 — Fauteuil de style Louis XVI, à dossier cintré, en bois sculpté à feuillages et enroulements.

311 — Quatre Chaises de style Louis XVI, en bois sculpté à dossier lyre.

312 — Un Tabouret de style Louis XV, en bois sculpté garni de brocatelle.

313 — Tabouret rectangulaire de style Louis XV, garni de même étoffe.

314 — Guéridon à livres, en bois découpé; dessus en onyx.

315 — Table à jouer style Louis XV, en bois sculpté et noirci.

316 — Glace dans un cadre Régence, en bois doré à rocaille, fleurs et feuillages.

317 — Deux petits Cadres ronds de l'époque Louis XIII, en bois finement sculpté et doré.

318 — Deux Supports-appliques Louis XIV, en bois sculpté et doré à coquilles et volutes.

319 — Glace Louis XIV, en largeur, avec encadrement en bois doré, quadrillages et feuillages.

320 — Cartel Louis XVI, en bois sculpté et doré, orné de guirlandes.

321 — Console demi-ronde de style Louis XVI, en bois et pâte dorés, avec groupe de colombes et guirlandes. Dessus de marbre.

322 — Écran Louis XVI, en bois doré avec feuille peinte dans le goût de Boucher; sujet pastoral dans un encadrement de feuillages et de draperies.

323 — Miroir ovale, dans un cadre Louis XIII, en bois doré.

324 — Petite Glace, dans un cadre Louis XVI, à vase et guirlandes en bois doré.

325 — Glace dans un cadre Louis XIII.

TAPISSERIES & ÉTOFFES ANCIENNES

326 — Tapisserie du XVIIIe siècle représentant un Paysage boisé avec château en perspective, canards sur un cours d'eau, au premier plan, et oiseaux voltigeant dans les arbres, bordure à cadre enroulée de fleurs.

327 — Bandeau en tapisserie du XVIIe siècle avec Cartouche et guirlandes de fleurs.

328 — Deux Pentes en tapisserie de Bruxelles du XVIIe siècle, offrant des perroquets, des guirlandes de fleurs et des ornements.

329 — Deux Rideaux de fenêtres en tapisserie au point du XVIIe siècle.

330 — Petit Écran Régence, en bois sculpté, avec feuille en tapisserie ancienne, représentant une Villageoise courant après un papillon. Encadrement de draperies et fleurs.

330 *bis* — Panneau d'ancienne tapisserie à armoiries.

331 — Trois Coussins de pieds, en tapisserie de Beauvais du XVIIIe siècle, à fleurs.

332 — Portière ancienne en soie rouge soutachée d'ornements en soie jaune.

333 — Long Bandeau en brocatelle ancienne fond rouge.

334 — Large Lambrequin en soie Louis XV brochée à fleurs en couleurs et galonné d'or.

335 — Carpette de Chiras fond rouge.

336 — Tapis d'Orient et Tapis en moquette. Ce lot sera divisé.

GARDE-ROBE

337 — Effets et Linge à usage d'homme.

CAVE

Vins rouges et blancs.

Dix Casiers, un Hérisson, Bouteilles vides.

VOITURES ET HARNAIS

Un Coupé de Rose.

Un Omnibus de Lelorieux.

Harnais double.

Deux Harnais simples.

Caparaçons et Couvertures.

Chevalets, seaux et ustensiles de sellerie et remise.

NOTA. — Les Voitures et Harnais seront exposés Cour de l'Hôtel Drouot le Dimanche 18 Février, de 2 heures à 6 heures, et seront vendus le Lundi 19 Février Cour de l'Hôtel, à 4 heures.

www.ingramcontent.com/pod-product-compliance
Ingram Content Group UK Ltd.
Pitfield, Milton Keynes, MK11 3LW, UK
UKHW021031260726
13994UKWH00005B/2073

9 782329 470450